# Índice

# 1
# En el aparcamiento

En las afueras de la ciudad, había un supermercado recién inaugurado. A su alrededor, se extendía un gran aparcamiento de hormigón. Durante el día, el lugar estaba repleto de compradores, pero al llegar la noche se vaciaba por completo. Bueno, eso era lo que solía suceder, pero... una oscura noche de noviembre, cualquiera que pasase por allí se hubiera quedado boquiabierto ante lo que estaba viendo.

Porque, junto a un pequeño grupo de árboles situado a un lado del aparcamiento, tres brujas danzaban en torno a un caldero dando zapatetas, al mismo tiempo que cantaban a voz en grito:

*Bulle, bulle, ajoarriero,*
*bulle el agua en el caldero.*

En una rama se hallaba sentado un gato negro que maullaba a tono con las brujas y movía la cola contento. Al cabo de un rato, las brujas pararon de cantar y bailar, y tomaron asiento alrededor del fuego.

—Vamos a idear algo bien diabólico para esta noche —dijo la más alta, muy sonriente—, algo muy perverso para castigar a esa gente que se ha atrevido a construir un aparcamiento en nuestro lugar sagrado.

—Pues yo no lo acabo de ver tan mal, Maud —contestó la más menuda—. No podían saber que éste era nuestro lugar sagrado y, por lo menos, han dejado nuestro árbol preferido.

—¿Que no lo ves tan mal? —protestó la bruja alta—. Sinceramente, Ethel, me desesperas. Las cosas van de mal en peor para nosotras, las brujas. El siglo XX ha sido un

desastre. Cuando éramos jóvenes, tropezábamos continuamente con otras brujas montadas en sus escobas. Ahora no se ve ninguna. Hace años que no choco contra nadie con mi escoba. Pronto será imposible hacer encantamientos, y aún nos tocará dar excusas a la gente... ¡Pero ahora ayudadme las dos a fraguar una venganza adecuada y espantosa!

—Podríamos hacer que se apagaran todas las luces —sugirió la tercera bruja, regordeta y jovial.

—¡Eso mismo! —exclamó Ethel—. A la gente no le haría ninguna gracia. Todos los televisores dejarían de funcionar.

—Y la calefacción —añadió la bruja regordeta—, y las mantas eléctricas y las lavadoras y los vídeos y los aparatos de alta fidelidad y todos esos chismes tan raros que hay hoy día en cada casa.

—¡Ya no tenéis remedio ninguna de las dos! —rugió furiosa la bruja alta—. Por fortuna no está aquí nuestra pobre madre y no ha de oír las lamentables proposiciones que hacéis. ¡Basta ya de tonterías y ayudadme a ingeniar algo realmente terrible!

—¡Ay, Maud! —suspiró la bruja regordeta—. Eres una ilusa. ¿Por qué no aceptas que el tiempo de las brujas ha pasado? ¡No tenemos lugar en este mundo lleno de supermercados y televisores y coches y *walkmans!* Resultamos tan pasadas de moda como los corsés y el espliego y los bocadillos de pepino. Yo, personalmente, ya estoy harta.

—¿Tú, harta? —tronó Maud—. ¡Miserable birria de bruja! ¡Si tienes cara de murciélago! ¿Qué significa eso de que estás harta, Mabel? ¡Exijo una explicación!

—Que me he cansado de ser una bruja a finales del siglo XX, y estoy decidida a cambiar de vida. Quiero ser normal.

—¿Normal? —chilló Maud—. ¿Qué quiere decir eso, viejo y empapado saco de puré de patatas?

Mabel se sonrojó, pero no por eso dejó de mirar los centelleantes ojos de Maud.

—Lo que quiero decir —respondió— es que me voy a correr mundo en busca de un trabajo, para vivir como una persona corriente. No me apetece pasar toda mi vida danzando alrededor de un viejo caldero y cabalgando en un viejo palo de escoba, inventando estúpidos encantamientos. Yo sé cuándo estoy vencida. ¡Para mí se han acabado las brujerías!

—¡Muy bien! —gritó Maud—. ¡Vete, pues, y trata de convertirte en una persona normal! Pronto te darás cuenta de cómo es ese mundo. Nadie querrá tener nada que ver contigo. Te verás sola y conocerás el hambre; pero no esperes que Ethel y yo estemos pendientes de ti hasta que recobres el juicio. Nos habremos ido a un lugar muy lejano y quizá no logres encontrarnos. ¿Verdad, Ethel?

—Pues, en realidad —musitó Ethel, al

mismo tiempo que se mordía las uñas y miraba al suelo—, creo que me voy con Mabel. También yo estoy cansada de ser bruja.

—¡Gusanos, traidoras, miserables sapos! ¡Uf! —rugió Maud—. ¡Largaos las dos, pero yo me quedo con el caldero y el libro de encantamientos! Quizá sea la última bruja mala del mundo, pero nunca abandonaré las viejas costumbres de nuestra madre, de nuestra abuela y de todas las generaciones anteriores. ¡Continuaré con nuestras formidables costumbres hasta el fin de los tiempos!

—¡Que cada cual actúe a su modo! —dijo Mabel, muy animada—. Nos parece perfecto que tú te quedes el caldero y el libro de los encantamientos. Esas cosas no nos harán falta allí donde vamos Ethel y yo. Tú cuídate bien, Maud, y no olvides ponerte las bragas más gruesas cuando empeore el tiempo. Podrías pescar una pulmonía volando por los aires. Confío en que nos visites cuando Ethel y yo nos hayamos establecido. No queremos perder el contacto contigo. Seguiremos siendo hermanas aunque hayamos elegido caminos distintos, ¿no?

—¡No seas ridícula! —chilló Maud—. ¿Crees que me rebajaría a hablar con dos mentecatas como vosotras? No os hagáis ilusiones de salir adelante con vuestro plan. Pronto volveréis a rastras, para pedirme perdón, y... ¡quién sabe! Si estoy de buen humor, tal vez os ayude, o quizá no...

—¡Ay! —suspiró Mabel—. Yo esperaba una despedida más cordial, pero... ¡que sea como tú quieres! De todos modos, nuestra puerta siempre estará abierta para ti, Maud, y te deseamos lo mejor.

—¡Desde luego! —añadió Ethel con un murmullo—. Y ven a visitarnos algún día, Maud. Me daría mucha pena no verte más.

Ethel y Mabel dieron una última mirada a Maud y se alejaron cogidas de la mano por la carretera que conducía a la ciudad. De repente, Mabel oyó un débil maullido. Al ba-

jar la vista, reconoció al gato negro, que corría junto a ellas.

—¡Mira, Ethel! —exclamó contenta—. Gato Negro ha decidido venir con nosotras.

Mientras caminaban con sus escobas a cuestas, oyeron la voz de Maud, que cantaba con todas sus fuerzas:

*¡Por los sapos de la charca!*
*¡Malditas sean las que me plantan!*

—¿Has oído eso, Mabel? —susurró Ethel.

—¡Claro! Está furiosa, ¿no? Pero no te desanimes, Ethel. Teníamos que hacerlo. Confío en que, al final, venga a vernos.

—¡Ojalá aciertes! Yo estoy tan cansada que ni siquiera soy capaz de pensar.

—Lo que necesitamos es un poco de descanso —señaló Mabel—. Mañana, cuando estemos frescas y sea de día, haremos planes para nuestra nueva vida. Ahora vamos a buscar un sitio donde dormir.

—Allí hay una barraca.

—No puedo leer ese cartel. Tendremos que iluminarlo. ¡Ven, Ethel! Por aquí no hay nadie. ¡A ver si funciona el hechizo...! Tú, Gato Negro, también ayudarás.

Así pues, las dos brujas alzaron las manos hacia el cielo y se pusieron a cantar:

*¡Por el tesoro de una urraca,*
*que caiga luz sobre la barraca!*

Gato Negro contribuyó con un maullido que lanzó a la oscuridad.

Un relámpago surgió de la nada e iluminó el letrero.

—¡Lo conseguimos! —exclamó Ethel con orgullo, ya más optimista.

—¡En efecto! —contestó Mabel—. Aquí pone *Escuela Primaria de Santa Margarita.* ¡Muy bien! De noche, los colegios están vacíos. ¡Sígueme, Ethel! Dormiremos en esa barraca y, cuando los niños vengan a clase, nosotras ya nos habremos ido.

—¿Te parece un lugar seguro, Mabel?

—No seas tan miedosa, Ethel. ¡Claro que es seguro! Monta ahora en tu escoba. Vamos a volar por encima de la cerca. Uno, dos y... ¡tres! Y tú, Gato Negro, ven con nosotras.

Al cabo de cinco minutos, las dos brujas estaban dormidas como dos troncos en el cobertizo, donde el conserje de la escuela guardaba sus herramientas.

# 2
# En el patio

Al día siguiente, los niños acudieron a la escuela como de costumbre y estuvieron jugando hasta que el timbre anunció el inicio de las clases. Las brujas seguían dormidas. Llegó la hora del recreo, y Mabel y Ethel aún no se habían despertado. Gato Negro, en cambio, que estaba aburrido y hambriento, logró salir por un agujero de la pared y se puso a dar vueltas por el patio. Cuando lo descubrieron, un grupo de niños dejó de jugar a pelota y corrió hacia él.

—¡Mirad, mirad, un gato! ¡Ven acá, minino! —dijo Lucy, y se agachó para acariciar al animal.

A Gato Negro no le hacían gracia los niños y salió disparado hacia el cobertizo seguido de Lucy, Jackie y Joe.

—¡Se ha metido en el cobertizo del conserje! —gritó Joe.

—Seguramente le hemos asustado —opinó Jackie—. A lo mejor le apetece un poco de leche.

Los niños abrieron la puerta de la barra-

ca y... allí, rodeadas de palas, rastrillos y cubos, encontraron a Mabel y Ethel. La luz y la corriente de aire despertaron a las dos brujas, que se incorporaron de golpe para mirar asombradas a su alrededor, mientras parpadeaban y se frotaban los ojos. Los niños miraron a las brujas y las brujas miraron a los niños. Lucy, Joe y Jackie no podían creer lo que veían.

—Entrad —dijo Mabel por fin—. Con la puerta abierta hace frío.

Joe la cerró.

—¿Quiénes sois? Parecéis brujas —murmuró el niño, desconcertado.

—Lo somos —respondió Mabel con amabilidad—. Pero no somos brujas malas. Ahora ya no.

—Yo no tengo miedo —intervino Lucy—. No son brujas. Sólo tratan de asustarnos. ¡Vamos a avisar al director!

Mabel pegó un salto y, extendiendo las manos, gritó:

*¡Ah, mocosos...! ¡En un tris,*
*seréis cada uno un ratón gris!*

—¡No, Mabel! —chilló Ethel, sin poder apartar la vista de los tres ratones que corrían por el suelo—. ¡Que no sean ratones! Recuerda que Gato Negro está con nosotras...

En efecto, el gato ya se agachaba, con el lomo arqueado, dispuesto a arrojarse sobre los roedores.

*Gato Negro, pendenciero,*
*¡transfórmate en un... perchero!*

Segundos después, en la destartalada casucha apareció un bonito y reluciente perchero de madera.

—¡Y ahora devuelve a estos niños su forma natural! —ordenó Ethel a su hermana, con severidad—. Esa actitud es más propia de Maud que de ti. ¡No olvides que nos propusimos cambiar de vida!

—Lo siento, Ethel —contestó Mabel, al mismo tiempo que se sentaba—. Lo he hecho sin pensar. Los niños me espantaron, e hice lo primero que se me ocurrió. Pero..., ¿cuál es el modo de convertir a unos ratones en niños? ¡Ay, cielos, Ethel! Lo he olvidado...

Ethel cerró los ojos y se esforzó en recordar la fórmula, hasta que, de repente, exclamó:

*Ratoncitos, un, dos, tres,*
*volveos niños otra vez.*

Pero los niños seguían siendo ratones.

—¡El hechizo no funciona! Piénsalo bien, Mabel.

Y Mabel gritó:

*Cuando cuente hasta diez,*
*seréis niños otra vez.*

Pero no ocurrió nada.

—¡Qué problema! Inténtalo de nuevo, Ethel.

—No te preocupes. Creo que ya lo tengo —dijo su hermana.

*Oh, mis ratones errabundos,*
*¡convertíos en niños en unos segundos!*

En el acto aparecieron ante ellas los tres chiquillos.

—Lo lamento mucho —dijo Mabel—. Lo he hecho sin pensar.

—Estábamos dormidas —añadió Ethel—. Podéis avisar al director.

—¡Sois brujas, en efecto! —exclamó Jackie—. ¡Brujas de verdad!

—Sí —admitió Mabel—. Y ahora, cuanto antes acabemos, mejor. Llevadnos ante el director, o entregadnos a quien sea.

—No podéis ser brujas malas —dijo Lucy—. Si lo fuerais habríais permitido que nos comiese el gato, para poder escapar sin problemas.

—Y, ¿qué hacéis aquí? —quiso saber Jackie.

Entonces, Mabel les explicó la discusión que habían tenido con Maud y lo hartas que Ethel y ella estaban de ser brujas.

—Queremos vivir como personas normales, y lo primero que nos hace falta es encontrar la manera de ganar algún dinero para comprar comida. ¿Nos podéis ayudar?

—¿Y por qué querrían ayudarnos, Mabel? —preguntó Ethel—. Si tú me hubieses transformado en ratón teniendo cerca a un gato, yo me negaría a echarte una mano...

—Pues yo sí que estoy dispuesto a ayudaros —declaró Joe—. ¡Nunca en la vida me había sucedido nada tan extraordinario!

—¡Ni a mí! —exclamó Jackie—. Cuando el gato se convirtió en perchero, disfruté de lo lindo siendo ratón.

En aquel momento, sonó el timbre que anunciaba el fin del recreo, pero los niños no tenían ganas de regresar a sus clases.

—Si no vamos —indicó Jackie—, todo el mundo empezará a buscarnos, y Mabel y Ethel serán descubiertas. Vosotras quedaos aquí. Os traeremos algo a la hora del almuerzo. Después de la escuela hablaremos de nuevo y procuraremos hallar una solución.

# 3
# La gran idea

En cuanto terminaron las clases, los niños juntaron su dinero y fueron a comprar patatas fritas y zumo para las brujas, así como un poco de leche para Gato Negro (para cuando dejara de ser un perchero).

Más tarde, mientras comían todos juntos, empezaron a pensar en la manera de ganar algún dinero.

—Podríais barrer las calles con vuestras escobas —sugirió Joe.

—Eso ya no sirve —replicó Jackie—. Hoy día limpian las calles con máquinas.

—Quizá podáis barrer las hojas del parque, en otoño —dijo Lucy.

—Sí, pero..., ¿qué haríamos el resto del año? —objetó Mabel.

Jackie se levantó de golpe.

—¡Tengo una idea estupenda! —anunció.

—¿De qué se trata, gran genio? —le preguntó Joe.

—¿Funcionan vuestras escobas? —preguntó Jackie.

—¡Claro que funcionan! —contestó Ethel, indignada—. ¡Aunque queramos ser como las demás personas, no por eso dejamos de ser brujas!

—Pues bien, en ese caso podríais llevar cosas a la gente que vive en los pisos altos.

—¿A dónde quieres llegar, genio? —inquirió Lucy en tono burlón.

—Ya sabéis lo que ocurre en esos rascacielos. Los ascensores siempre están estropeados. Personas como mi abuela necesitan pescado, patatas fritas y otras cosas, pero no están en condiciones de bajar quince pisos y volver a subirlos. Ethel y Mabel podrían entregar los encargos por las ventanas.

—¡Realmente es una gran idea! —reconocio Joe—. ¡Mi enhorabuena, Jackie! A mí nunca se me hubiese ocurrido.

—Sí —admitió también Lucy—. Es algo que sólo puede hacer alguien que sea capaz de volar, como vosotras. ¡Sería un verdadero servicio!

—Pero hay un problema —señaló Joe—. Casi nadie cree en las brujas y por eso nadie se va a tomar esta idea en serio.

—Eso es cierto —dijo Mabel con tristeza—, y además hay muchas personas a las que no les gustamos. Si nos vieran, avisarían inmediatamente a la policía.

—¡Ya sé lo que hemos de hacer! —gritó entonces Jackie—. ¡Hablaremos con mi abuela!

—¿Y qué tiene que ver tu abuela con todo esto? —preguntó Joe.

—Es la Presidenta de la Asociación de Jubilados y, además, de la de Inquilinos. Eso significa que conoce a todos los vecinos de la casa. Si logramos ponerla de nuestra parte, podrá convencer a todos los demás de lo útil que sería el servicio.

—Me gusta tu abuela —dijo Joe—. Sabe escucharnos. Vamos a ver si quiere ayudarnos.

—¡Vayamos, sí! —asintió Lucy—. Pero vosotras dos, Ethel y Mabel, tenéis que dejar aquí los sombreros y las escobas. Colgadlo todo del perchero. No nos conviene dar un susto a la abuela de Jackie. Tiene que acostumbrarse poco a poco a la idea.

Las brujas se conformaron, aunque no de muy buena gana. Dejaron allí sus sombreros y sus escobas y siguieron a los niños al bloque de viviendas. Como el ascensor estaba estropeado, les tocó subir a pie hasta la decimoquinta planta.

—Ahora comprendo por qué querrán que les llevemos las cosas —jadeó Mabel—. ¡Estas escaleras son horribles!

Cuando por fin llegaron al piso de la abuela de Jackie, entraron todos a la vez.

—¡Hola, Jackie querida! ¡Hola, Joe y Lucy! —exclamó la abuelita—. Me alegro de veros. ¿Y quiénes son estas dos señoras? Creo que no las conozco.

—No, desde luego. Yo soy Mabel, y ésta es mi hermana Ethel.

—Tomad asiento, por favor. Voy a preparar un poco de té. Parecéis todos muy cansados.

Mientras tomaban el té, Ethel y Mabel miraban curiosas a su alrededor.

—De manera que así vive la gente normal —comentó Ethel—. Resulta todo muy bonito.

La abuela puso cara de asombro.

—¿Qué quieres decir? No acabo de entender tus palabras.

—Verás, abuelita... —intervino Jackie—. Por eso hemos venido a tu casa. Necesitamos tu ayuda.

—¿Mi ayuda? ¿Para qué?

—Se trata de Mabel y Ethel. Son brujas, ¿sabes?, pero quieren buscar trabajo para ganarse la vida, y nosotros queremos ayudarlas. Por eso se nos ha ocurrido que podrían llevar comida y otras cosas a los vecinos de los pisos altos volando en sus escobas. He pensado que si tú estás de acuerdo, puedes hablar con el vecindario, quizá al final les parezca una buena idea.

—¡Un momento! ¿Intentáis hacerme creer que estas dos señoras son brujas?

—Lo somos —respondió Mabel—. O, por lo menos, lo *éramos*.

—¡Eso es ridículo! —protestó la abuela—. Todo el mundo sabe que las brujas no existen. ¿Es que me estáis gastando una broma tonta?

—¡En absoluto! —dijo Ethel—. Somos brujas buenas y queremos utilizar nuestras habilidades especiales, como por ejemplo volar sobre escobas, para ayudar a la gente y ganarnos la vida de esa manera.

La abuela soltó una carcajada.

—¡Ya veo que pretendéis tomarme el pelo! Bueno, también a mí me gusta reír. Lástima que no sea verdad. Sería maravilloso que alguien nos entregara la comida y las

compras y la ropa limpia por la ventana. ¡Qué gran idea!

—Pues podría ser verdad —insistió Ethel—. Si volamos hasta su ventana con la cena bien caliente y a punto para comer, ¿nos creerá?

—¡A la fuerza! —contestó la abuela.

—¡Entonces encárguenos lo que sea, e iremos a comprarlo!

—De acuerdo, aunque sigo sin creer que sea posible. Quisiera una pizza. Mejor dicho, tres, y de las grandes. Aquí está el dinero. Fred, el tío de Jackie, no tardará en llegar, y podemos tomarlas todos juntos.

El grupo regresó corriendo a la escuela en busca de las escobas y los sombreros, y Ethel volvió a transformar el perchero en gato, para que el animal saboreara la leche.

A continuación, se dirigieron todos a la pizzería, donde los niños adquirieron tres pizzas diferentes, que dieron a Ethel y Mabel. Las dos brujas volaron con la máxima velocidad posible hacia el gran bloque de viviendas.

La abuela miraba por la ventana, muy interesada. En aquel momento llegó el tío Fred. La abuela le explicó rápidamente lo que sucedía, y Fred se colocó junto a ella. Cuando, en efecto, vieron que las dos brujas se acercaban volando en sus escobas, no daban crédito a sus ojos.

—¡Tres pizzas bien calentitas para el número 273! —anunció Mabel.

A la abuela le costó recobrar la voz.

—¡Bien calientes, además! ¡Entrad, entrad, y hablaremos durante la cena!

—Vamos a recoger a los niños, y en unos instantes estamos aquí.

Y así, ante el asombro del tío Fred, los niños pronto aparecieron sentados en las escobas de las brujas, volando por el aire y dando gritos de entusiasmo. Fred tuvo que pellizcarse a sí mismo para convencerse de que no soñaba cuando Ethel, Mabel y los niños entraron por la ventana.

La abuela presentó las dos brujas a Fred y, poco después, todos se hallaban sentados a la mesa, tomando té y trozos de pizza. Y ya nadie dudó de que *Escobas voladoras -Servicio a domicilio-* podía funcionar a la perfección.

—Opino que debemos organizar un gran lanzamiento —dijo Joe.

Todos le miraron extrañados.

—Hablo en serio. Hemos de preparar una inauguración digna. Enviaremos un anuncio a todos los vecinos de este bloque y montaremos un gran espectáculo con música y luces, del que se hable en los periódicos, y todo eso. De este modo, la vecindad entera conocerá a Mabel y Ethel y tendrán trabajo cada noche.

—¡Es una idea formidable! —dijo Mabel—. Sois unos niños muy listos. Hemos tenido mucha suerte al conoceros. A nosotras nunca se nos hubiese ocurrido nada semejante.

—Vamos a redactar las invitaciones —propuso la abuela—. A ver..., ¿qué podríamos poner? Por ejemplo...

«¿Su ascensor está siempre estropeado? ¿Odia usted tener que subir centenares de peldaños? ¿Le resulta demasiado pesada la compra? ¿Le llega fría la comida que encarga caliente?

Ahora, sus problemas tienen solución.

Escobas voladoras -Servicio a domicilio- le llevará hasta su ventana todo lo que usted desee. Se garantiza un servicio rápido, limpio, eficiente, seguro y económico. Los primeros encargos se aceptarán el próximo viernes a las 7 de la tarde. ¡No dejen escapar esta extraordinaria oportunidad! PERMANEZCAN ATENTOS JUNTO A SUS VENTANAS. Este viernes, el servicio será gratuito.»

—Suena muy bien —dijo Lucy—. Ahora tendremos que trabajar todos mucho para terminar las invitaciones y repartirlas antes del viernes.

—Ethel y yo podríamos escribirlas —sugirió Mabel—. Si tuviéramos un lugar donde trabajar, dedicaríamos el día entero a esas tarjetas. Las podríamos decorar con sombreros y escobas y cosas por el estilo.

—Podéis quedaros aquí —ofreció la abuela—. Quizá estemos un poco estrechas, pero me gusta la compañía. ¡Bienvenidas a mi casa!

—Gracias —respondió Mabel—. Aceptamos encantadas.

—¡Qué equivocada estaba Maud! —murmuró Ethel—. Decía que nadie querría tratos con nosotras, pero hasta ahora, todo el mundo se ha mostrado muy amable. Si lo hubiera sabido, yo hubiese dejado de ser bruja hace muchos años.

# 4
# La noche de la inauguración

La abuela convocó reuniones de las asociaciones de jubilados e inquilinos para explicarles el maravilloso servicio que Mabel y Ethel ofrecían. Hubo quien puso reparos a que unas brujas circularan por el barrio, pero la abuela les aseguró que Ethel y Mabel habían renunciado definitivamente a hacer cosas malas, y que sólo utilizarían sus habilidades especiales para ayudar a la gente. Finalmente, decidieron dar a las brujas una oportunidad el viernes siguiente.

Cuando llegó el momento, todo estaba a punto. Joe había pedido prestados todos los magnetófonos posibles y había grabado la impresionante música de la *Obertura de*

*Guillermo Tell* para acompañar el vuelo inaugural. Lucy había ido de piso en piso para convencer a la gente de la necesidad de encender las luces a las siete de la tarde.

Al aproximarse esa hora, casi todos los vecinos estaban asomados a sus ventanas para ver qué ocurriría. Mabel y Ethel se cepillaron los largos cabellos negros y, luego, se pusieron los altos y relucientes sombreros también negros.

—Faltan cinco minutos —señaló Jackie—. ¿Estáis nerviosas?

—Yo no —contestó Mabel—. Tengo ganas de que llegue el momento. ¡Al fin triunfaremos!

De repente oyeron un grito de Ethel.

—¡Domínate, caramba! —dijo Mabel a su hermana severamente—. ¡No podemos permitirnos perder los nervios precisamente esta noche, cuando todo el mundo nos ha ayudado tanto!

—¡¡Nuestras escobas...!! —chilló Ethel—. ¡Han desaparecido!

—¡Oh, no...! —dijo Mabel.

—¿Qué vamos a hacer? —intervino Joe—. ¡Todos los vecinos os esperan!

—Esto es cosa de Maud —dijo Mabel—. Me estaba preguntando cuándo atacaría... Entre todos los trucos más viles, ¡tenía que elegir éste...!

Entonces oyeron en lo alto una risa semejante a un cacareo. Levantaron la vista y...

allá estaba Maud, con los cabellos agitados por el viento, montada en su escoba y con las otras dos en su mano.

—¿Qué esperabais, mis queridas hermanas? ¡Yo soy todavía una bruja mala! ¿Creíais que iba a jugar limpio? Sois aún más tontas de lo que suponía. Bien, ya podéis iniciar vuestro pequeño negocio. ¡Me gustará ver cuántos clientes tendréis, si los dejáis plantados el primer día!

—¡Baja en seguida y devuélvenos las escobas, Maud!

—¿Yo? ¡Jamás! —replicó Maud, desafiante—. ¡No permitiré que utilicéis las artes de brujería para ayudar a la gente!

*¡Por los sapos de la charca,*
*quien me rete se la carga!*

Y se alejó volando por la oscuridad entre grandes carcajadas.

—¡Haced algo! —gritó Joe—. Quedan sólo unos minutos y todos están esperando.

—¿No podríais convertir en mágicas unas escobas corrientes, o algo parecido? —preguntó Lucy—. Sois brujas, ¿no? ¿Tienen que ser unos palos muy delgados y especiales?

—No lo sé —confesó Mabel—. Nunca nos hemos encontrado en un caso semejante. Dadnos un par de escobas y lo probaremos.

Los niños salieron disparados.

—¡Ya sabía que ocurriría algo que lo estropearía todo! —gruñó Ethel.

—¡Cállate y piensa en posibles hechizos para escobas! —la reprendió Mabel—. Aún no está todo perdido. Quizá podamos darle una lección a Maud.

Momentos después, los niños regresaron con dos fregonas muy escurridas.

—¿Qué diablos traéis ahí? —quiso saber Mabel.

—Fregonas. También sirven para limpiar suelos. Es lo más parecido a una escoba que hemos podido encontrar. ¿Os sirven?

—Lo intentaremos —suspiró Mabel sin mucha confianza.

—Daos prisa. Son más de las siete, y la gente se impacienta.

En efecto, eran muchos los vecinos asomados a sus ventanas que gritaban:

—¿Por qué hemos de esperar más?

—¿No se te ocurre ningún encantamiento, Mabel? —preguntó Ethel—. A mí se me han olvidado todos. Era Maud la que siempre se encargaba de las escobas, y el libro de magia está en sus manos.

—Lo intentaré. ¡A callar todo el mundo! A ver...

*¡Ay, fregonas limpias y suaves,*
*levantad el vuelo como aves*
*y llegad pronto a las alturas*
*de las invernales negruras!*

Todos miraban las fregonas llenos de esperanza. Pero no sucedió nada.

Las voces de inquietud del vecindario se hicieron más fuertes.

—¡Eh! ¿Por qué hemos de esperar más?

De pronto, Ethel exclamó:

—¡Ya está! ¡Ahora lo recuerdo! El encantamiento sólo sirve si lo pronunciamos cabeza abajo. ¡Deprisa, Mabel! No hay ni un momento que perder. Un, dos, tres, ¡pongámonos al revés!

En aquella extraña postura, las dos brujas repitieron el hechizo. Los niños contenían el aliento. Entonces, las fregonas se elevaron por los aires.

—¡Esperadnos! —chillaron las brujas, mientras se ponían rápidamente de pie.

—¡Se han ido! —exclamó Jackie—. Haced que vuelvan. ¡Las necesitáis!

Ethel gritó desesperadamente:

*Por la nariz de una bruja*
*y el ojo de un gigante,*
*¡ordeno y mando que volváis al instante!*

Las dos fregonas bajaron como un relámpago y cayeron encima de Mabel, que fue a parar al suelo. El resto del grupo se apartó rápidamente.

—¡Muy bien, Ethel! —gritaron los niños—. Y ahora, debéis daros prisa, porque va a comenzar la música y con ella vuestro trabajo.

—Ven, Mabel —dijo Ethel—. ¿No tienes otra cosa que hacer que quedarte ahí en el suelo? ¡Vamos a trabajar!

—¡Desde luego! —asintió Mabel, y agarró la fregona con fuerza—. ¡Monta detrás de mí, Gato Negro!

Pero el gato arqueó el lomo, soltó un soplido y se alejó con la cola muy tiesa.

—No vendrá —comentó Mabel, entristecida—. Debe de pensar que la fregona no es digna de él.

—No os preocupéis —dijo Lucy—. Ahora que sois brujas buenas, ya no os hace falta el gato.

—La música empezará cuando yo cuente hasta tres —anunció Joe—. Uno, dos, ¡tres!

Con las primeras notas, las dos brujas emprendieron el vuelo montadas en sus fregonas. Las aclamaciones fueron enormes cuando dieron una vuelta por el cielo agitando los sombreros a la vez que enviaban besos a la gente. A continuación, Ethel comenzó a recoger encargos y Mabel voló como una flecha hacia varios comercios y restaurantes en busca de comida.

—Pollo para la señora Barzetti —gritó Ethel—. Dos hamburguesas gigantes para los gemelos Brown y un estofado de cerdo para el señor Griffin, del número 49.

Durante toda la tarde, las brujas volaron de un lado a otro repartiendo comida caliente y charlando animadamente con todos sus clientes. Al final, Mabel y Ethel recogieron las cajas vacías para meterlas con cuidado en los cubos de basura.

Cuando todo hubo acabado, no había quien no reconociera que aquel nuevo sistema era un éxito, y el vecindario prometió utilizar de manera regular los servicios de las brujas y recomendarlos a los amigos. Aquella noche, Mabel y Ethel regresaron muertas de cansancio a la vivienda de la abuela, pero se sentían muy felices.

—¡Lo conseguimos, Ethel! Ya tenemos trabajo.

—Sí, y además hemos hecho un montón de amigos. Maud no podía estar más equivocada.

—¡Pobre Maud! —pensó Mabel en voz alta—. Me pregunto cuánto tiempo se mantendrá en sus trece. Con un poco de suerte, se dará cuenta de lo bien que nos van las cosas y se unirá a nosotras. Sería bonito volver a estar las tres juntas, y también con Gato Negro.

—Confiemos en que así sea —dijo Ethel—. Pero ahora debemos dormir. Mañana nos espera otra buena tanda de servicios.

# 5
# Maud se une a sus hermanas

El éxito de Ethel y Mabel era enorme. Cada día volaban en sus escobas para realizar la compra de los vecinos, llevaban la ropa sucia a la lavandería, recogían medicamentos en la farmacia e, incluso, entretenían a los niños que estaban aburridos.

Al cabo de unas semanas, a las brujas les ofrecieron un piso en la planta treinta y cinco, que nadie quería porque quedaba muy alto. Las dos brujas se pusieron locas de contento y en seguida comenzaron a empapelarlo. Cuando estuvo listo, Ethel y Mabel salieron a comprar varios muebles de segunda mano.

—Parece imposible que tengamos un hogar, ¿no? —dijo Ethel, feliz—. Me pregunto qué diría Maud si pudiese vernos.

—Confío en que se encuentre bien —contestó Mabel—. Es un invierno frío. Me hubiera gustado darle nuestra nueva dirección, pero no sabemos dónde está.

—Ella sabe que revoloteamos alrededor de este bloque de viviendas —señaló Ethel—. Si nos necesita, ya nos encontrará. ¿Te apetece otra taza de té, Mabel querida? Dentro de unos minutos empieza una película muy buena en televisión.

Así pues, las brujas saborearon su té mientras veían la película y disfrutaban de la comodidad y del calorcillo de su propio hogar. Estaban ya a punto de desconectar el televisor, cuando oyeron un ruido en la ventana.

—Debe de ser el viento —dijo Mabel.

—Seguramente —respondió Ethel.

Pero los golpes continuaban. Las hermanas se miraron. Entonces percibieron un maullido.

—¡Tiene que ser Maud! —exclamó Ethel y, al echar la cortina hacia atrás, comprobó que, en efecto, fuera estaba Maud montada en su escoba.

—¡Entra! —gritó Mabel, a la vez que abría la ventana.

La hermana voló hasta el interior, empapada y temblorosa.

—¡Es preciso que tomes un baño caliente! —dijo Ethel—. Pasa, Maud, y verás qué cuarto de baño tan encantador tenemos.

Para sorpresa de Mabel, Maud se dejó conducir al cuarto de baño y meter en la bañera llena de humeante espuma.

Mabel se apresuró a calentar algo de sopa y, cuando su hermana salió del baño, la colocaron delante del fuego para que se recuperara. También le dieron de comer a Gato Negro, que tenía un aspecto absolutamente miserable.

—¿Cómo nos has encontrado? —preguntó Ethel.

—¡Me ha costado mucho! Me sentía muy sola sin vosotras. Ya no me divertía hacer maleficios. Por eso, le dije a Gato Negro: «¡Vamos en su busca!» Y así lo hicimos.

—Las cosas nos han ido muy bien, como puedes ver. Tenemos trabajo, una casa confortable y montones de amigos. ¿Qué dices ahora?

—Reconozco que estaba equivocada. No hay que darle más vueltas. Creía que la gente no aceptaría a las brujas, pero era un error. He venido para deciros que lamento aquella mala pasada que os hice y, para demostrarlo, os devuelvo las escobas. ¿Podría quedarme con vosotras?

—¿No será un nuevo truco, Maud? —preguntó Ethel, recelosa.

—¡¡No!! —protestó Maud—. Tengo frío y hambre y me siento sola. ¡Ya lo veis!

—Ven a vivir con nosotras, pues, y ayúdanos en nuestro trabajo —dijo Mabel con una amplia sonrisa—. No nos vendrá mal una ayuda. Insisten en que aumentemos nuestro servicio de *comidas sobre escobas*, y necesitaremos otro par de manos y una escoba más para dar abasto.

—¿Qué es eso de *comidas sobre escobas?* —quiso saber Maud.

—Un servicio para repartir comidas calientes a quienes les resulta difícil cocinar. Ya hay un servicio que se llama *comidas sobre ruedas*, pero el problema consiste en que, cuando las comidas llegan al piso veinte, se han enfriado. En cambio, si las llevamos en nuestras escobas, aún están calientes y sabrosas.

—Me parece bien —declaró Maud—. Cuando haya dormido una noche entera, estaré dispuesta a colaborar.

—Pero serás amable con la gente, ¿verdad? —preguntó Ethel, un poco preocupada—. Tienes que prometer no espantar a nadie.

—Quizá lo logre, o no. He de probar si eso de ser buena me va tan bien como a vosotras. Mientras tanto, tendréis que confiar en mí, hermanas.

Y lo cierto es que Maud lo hizo perfectamente. Volaba todo el santo día para recoger y entregar encargos, y era tan amable como Ethel y Mabel. Trabajaba hasta la medianoche y era la primera en levantarse por la mañana.

# 6
# La boda de una bruja

Al cabo de un tiempo, Maud empezó incluso a preparar platos especiales para enfermos, como arroz con leche y puré de manzanas, caldo de carne de ternera y una sana sopa de pollo.

A sus hermanas no les importaba mientras Maud las dejara en paz, sentadas ante el televisor y comiendo algo rico. Pero Maud empezó a insistir en que la ayudasen a recoger y repartir encargos, y también a remover, pesar o picar ingredientes.

Mabel y Ethel estaban tan hartas, que acudieron a la abuela.

—¡Es horrible! —estallaron—. Nos hace trabajar sin descanso. Ya no podemos ver la *tele* ni escuchar música o charlar con nuestros amigos, ni dormir los domingos hasta la hora que nos dé la gana. ¡Siempre tenemos algo que hacer!

—¡Ay, cielos! —contestó la abuela entre risas—. ¡Pues sí que os ha salido activa la hermana!

—¡Y que lo diga! —gruñó Mabel—. Además, nos obliga a rezar antes de acostarnos, por mucho frío que haga. Sucede lo mismo que cuando éramos brujas malas. Maud nos mangoneaba siempre.

—El domingo pasado nos hizo ir *cuatro* veces a la iglesia —añadió Ethel—. A nosotras nos gusta asistir a misa, y nunca faltamos; pero, cuatro veces ya es demasiado.

—Pues no sé qué solución daros —dijo la abuela.

—¡Ya lo tengo! —intervino Jackie—. ¡De nuevo brilla mi ingenio!

—Explícanos tu plan —pidió Mabel—. Tu última idea resultó formidable.

SELF
FOUR
STONE
CASTOR SUGAR
ATORA
RAISONS
FLOUR

—El tío Fred comentó que encontraba muy atractiva a Maud —anunció Jackie.

—¿Y qué? —suspiraron las brujas.

—¡Fred! —exclamó la abuela—. ¿Mi hijo Fred? ¡No seas boba! Le aterrorizan las mujeres. Nunca mira a ninguna.

—Pues a ella sí que la miró —insistió Jackie—. A lo mejor podrían casarse...

—¡Una excelente idea! —reconoció la abuela—. Hace años que deseo ver casado a Fred. Os invito a todos a cenar el próximo sábado. Y que no falten tus padres, Jackie. ¿Qué os parece el plan?

—Bueno —respondió Mabel—, pero no me imagino a Maud casada.

—Tampoco la imaginaba nadie convertida en una bruja buena y tan trabajadora. Ni a vosotras dos viviendo en un piso y rodeadas de amigos. ¿Acaso no es cierto? —señaló la abuela, de cara a las hermanas.

—Sí —admitió Mabel—, pero esto es diferente. Quiero decir que Maud era la bruja más malévola que ha podido existir. Y nunca se me ha ocurrido pensar en que una de nosotras pudiera contraer matrimonio.

—Sin embargo, valdría la pena probarlo —opinó Ethel—. No tenemos nada que perder, y la verdad es que ahora nos vuelve locas.

—Hum —dijo entonces Mabel—. Yo tengo otra idea. Podríamos echarles un poco de filtro amoroso en la bebida... Recuerdo algunos hechizos muy eficaces. A ver... ¡Ah, sí! Ya tengo uno:

*Para encender el amor*
*basta un poco de licor,*
*y la pareja embrujada*
*suspira acaramelada.*

—¡Ya está! —gritó Ethel—. ¡No sabes, Maud, lo que te estamos preparando! ¡Ay, cómo nos vamos a divertir!

El sábado siguiente, todos acudieron a

casa de la abuela. Maud tenía bastante mal aspecto, ya que Ethel le había echado algo de la poción en el té de la mañana, y Mabel había hecho lo mismo con su café después del almuerzo. Las tres hermanas, cargadas con un ramo de flores, una botella de vino y una caja de bombones, esperaban a que les abriesen la puerta.

—¡Pasad, pasad! —exclamó la abuela—. ¡Oh! ¿Es para mí todo esto? ¡Qué amables sois! Y tú, Maud, tienes un aspecto encantador. Creo que ya nos conoces a todos, con excepción de mi hijo Fred...

Tampoco Fred parecía estar muy animado. Ethel había volado a su piso, cuando él no estaba, para poner unas gotas del filtro amoroso en su cepillo de dientes. Pero en cuanto vio a Maud, se le iluminó el rostro y pronto se pusieron a charlar los dos.

Al término de la velada, Fred le había propuesto llevarla al museo local, y ella le invitó a cenar un día de la semana siguiente.

Para abreviar, diremos que el filtro amoroso dio un resultado sorprendente y que, al cabo de dos meses, la feliz pareja estaba prometida.

—Lo único que me preocupa —dijo Maud a sus hermanas—, es dejaros a las dos en la estacada. Fuisteis muy buenas al aceptarme, después de lo que yo os había hecho, y ahora no quisiera plantaros.

—¡Ni lo pienses! —se apresuró a tranquilizarla Mabel—. Desde luego, te echaremos de menos, Maud, pero lo más importante es tu felicidad. ¡Imagínate lo contenta que hubiese estado nuestra querida madre! También ella fue una bruja casada, que creía en el matrimonio.

—Nuestra madre no nos perdonaría que nos mostrásemos egoístas en un momento como éste —agregó Ethel, aunque se mordía el labio.

—Tenéis razón —contestó Maud—. Hemos de hacer lo que nuestra madre hubiese deseado. Os cedo el caldero y los libros. Voy a empezar una nueva vida. Naturalmente, seguiré trabajando con vosotras, pero, por lo demás, me olvidaré de todas las brujerías. Y ahora, venid a ayudarme a elegir el vestido de novia.

—¡Por poco...! —suspiró Ethel, cuando

Maud se marchó—. Ya temía que se quedara con nosotras...

—Sí, pero por fortuna se lo hemos quitado de la cabeza. ¡Menos mal! Después de la boda seremos libres de nuevo. ¡Hurra...!

La boda se celebró dos semanas más tarde. Fue muy parecida a las demás bodas, salvo que la novia, que lucía un largo vestido blanco, llevaba además un negro sombrero de bruja y llegó montada en la escoba con sus dos hermanas.

Después de la ceremonia hubo una gran recepción. Asistieron todos los vecinos y también los vendedores de comidas preparadas, que por cierto regalaron el banquete. Hubo pizzas y *curry*, especialidades chinas y sabrosos pinchos, pescado con patatas fritas y helado. Nadie recordaba haberlo pasado tan bien desde hacía mucho tiempo. Cuando llegó el momento de irse, Maud agarró su escoba mágica y exclamó:

—¡Monta detrás de mí, Fred!

Y los dos salieron volando por la ventana, mientras la gente agitaba los brazos y les arrojaba confeti.

—Ya temía no ver nunca casado a mi Fred —exclamó la abuela—. Ethel y Mabel, ¡habéis hecho muy feliz a esta pobre vieja!

—Gracias a Jackie —respondió Ethel—. La idea fue tuya.

—Es verdad —admitió Jackie—. O soy un genio, o... quizá sea bruja.

—Cosas peores podrías ser —señaló la abuela.

—Hum..., ¡pues sí! Creo que, cuando crezca, voy a ser una bruja.

Todos lo consideraron una idea excelente y brindaron por Maud, la ex-bruja, por Ethel y Mabel, las brujas buenas, y por Jackie, la futura brujita.

## COLECCIÓN TUCÁN
### Serie Verde (+10)

1. Jordi Sierra i Fabra, *El espejo del futuro*
2. Maite Carranza, *Iván, el aventurero*
3. Willi Fährmann, *Willibald, el fortachón*
4. Jaume Miquel Peidró, *La cueva del bandolero*
5. Gloria Sánchez, *La Gallina de la Paz*
6. Joel Franz Rosell, *La bruja tremenda de La Habana Vieja*
7. M.ª Jesús Losilla, *Un intruso en la caravana*
8. M. Àngels Bogunyà, *Las huellas misteriosas*
9. Mercè Company, *Axel, el mago. El espejo de C.S.R.*
10. Paloma Bordons, *Mi abuelo el Presunto*